I0682845

LA

MORALE INDÉPENDANTE

SAINT–MAIXENT, TYP. CH. REVERSÉ.

CONFÉRENCES
SCIENTIFIQUES ET LITTÉRAIRES
DES FACULTÉS DE POITIERS.

LA

MORALE INDÉPENDANTE

PAR

ÉMILE BEAUSSIRE

PROFESSEUR DE LITTÉRATURE ÉTRANGÈRE

A LA FACULTÉ DES LETTRES DE POITIERS.

NIORT
L. CLOUZOT, LIBRAIRE-ÉDITEUR
Rue des Halles, 22
1867

MESDAMES ET MESSIEURS,

La question des fondements de la morale est devenue presque
à l'improviste, depuis deux ou trois ans, une des plus vives
préoccupations des esprits. Les journaux s'en sont emparés et
l'ont mêlée à leurs discussions. Elle a même suscité un journal
spécial (*La Morale indépendante*), rédigé avec talent et qui a
su la rendre populaire sans lui faire perdre son caractère philosophique. Est-il besoin d'ajouter qu'elle a tenu une grande
place dans ces congrès de Belgique et de Suisse, où les plus
graves intérêts de l'ordre moral et religieux ont été l'objet de
débats si passionnés? D'un autre côté, la chaire chrétienne en
a retenti; d'éloquents prélats l'ont traitée dans des mandements
et dans des brochures, avec fermeté, mais non sans alarmes,
et en signalant de telles discussions comme un des périls de
notre temps.

Ce n'est jamais sans péril, en effet, que l'on touche à une
question de ce genre; mais on n'y touche jamais, sans y être
invité, en quelque sorte, par l'hésitation des consciences sur
quelque droit ou sur quelque devoir. Cette hésitation, Messieurs,
il n'est aucun esprit sérieux qui n'en reconnaisse les symptômes
autour de lui, s'il ne les sent pas en lui-même. Je n'en veux
pour preuve que nos discussions politiques, la principale source

de nos divisions : n'en faisons-nous pas presque toujours des questions de morale ? Nous avons vu, dans ces dernières années, des actes qui ont jeté un grand trouble dans les âmes changer la face de l'Europe : ceux qui glorifient ces actes, comme ceux qui les condamnent, les jugent-ils seulement au point de vue des intérêts ? Ne voyons-nous pas les uns y applaudir, comme à la consécration des droits absolus et imprescriptibles des peuples, les autres s'en indigner, comme du renversement de tous les droits et de tous les devoirs ?

En dehors de la politique proprement dite, le doute s'est introduit dans la sphère la plus importante peut-être de la vie morale, au sein des devoirs de famille. Les principes constitutifs de la famille ont été attaqués de nos jours, non-seulement par des utopistes, mais par des romanciers éloquents, qui ont su remuer, au profit de leurs paradoxes, les fibres les plus sensibles du cœur humain. Défendus avec non moins d'éloquence, ils ont résisté, je le crois, dans la plupart des âmes ; mais il n'est pas douteux qu'ils n'aient été ébranlés. Il est du moins certaines questions vitales pour l'existence de la famille sur lesquelles les esprits sont profondément divisés : ainsi le divorce ; ainsi les limites de l'autorité maritale et de la puissance paternelle. Or, ce sont évidemment des questions de morale.

C'est aussi une question de morale que celle de la peine de mort, et elle ne se pose pas seulement dans l'esprit des jurisconsultes ou des philosophes, mais dans la conscience de tous ceux qui ont à remplir les devoirs de jurés. Si les adversaires de la peine de mort ne trouvent pas encore un grand nombre d'adhérents, pleinement convaincus par leurs arguments, beaucoup hésitent, et, pour quelques-uns, le doute est si fort qu'ils aiment mieux se rendre coupables d'un parjure en reconnaissant des circonstances atténuantes dans un crime avéré et de tout point abominable, que de s'exposer à commettre un acte plus grave, en disposant, sans être sûrs de leur droit, de la vie d'un de leurs semblables.

Tout se tient, Messieurs, dans la morale, et l'on ne peut agiter aucun de ses problèmes, sans mettre en discussion ses principes eux-mêmes. Là est le danger, mais là est aussi le salut. Mieux vaut attaquer le mal dans sa racine, au risque de tout ébranler, que de le laisser s'invétérer, en fermant les yeux sur ses ravages ou en ne lui opposant que de vains palliatifs. Les discussions de principes, dans la morale comme dans les autres sciences, n'ont pas seulement pour effet de semer le doute, elles peuvent consolider la vérité; elles sont surtout nécessaires pour assurer ses progrès.

Ne croyez pas, en effet, que la morale soit une science achevée, qui ne puisse que s'obscurcir dans certains temps ou dans certaines âmes, sans jamais recevoir de clartés nouvelles. Elle s'est développée progressivement à travers les siècles, et, sans sortir du nôtre, nous pouvons nous donner le spectacle, non-seulement d'une de ses crises les plus redoutables, mais de quelques-unes de ses plus précieuses conquêtes. Je ne veux citer qu'un point, sur lequel, dans notre pays du moins, je suis sûr de ne plus rencontrer de dissidences : la question de l'esclavage. Jusqu'à notre siècle, c'était un paradoxe que de voir un outrage à la morale dans le fait de posséder des esclaves. La condition des esclaves s'était adoucie, dès l'antiquité païenne, sous l'influence de la philosophie; le christianisme avait fait une loi aux maîtres de les considérer comme des frères; mais, sous la loi nouvelle comme sous la loi ancienne, le principe même de l'esclavage était toujours resté debout. Il s'était maintenu en Europe sous la forme du servage; il autorisait en Amérique toutes les rigueurs de l'ancien esclavage. Tous les livres de droit naturel et de politique, même ceux qui avaient pour auteur un grand philosophe comme Leibnitz, ou un grand théologien comme Bossuet, étaient d'accord pour le justifier. A la fin du XVIIIe siècle, un jeune Allemand, qui allait devenir le plus grand poète de son pays et l'un des plus grands poètes modernes, Gœthe, soutenant à l'Université de Strasbourg une thèse de droit, y insérait encore cette proposition, conforme à la doctrine de tous les temps : *Servitus juris naturalis est,* l'esclavage est de droit naturel. Aujourd'hui, Messieurs, c'est le contraire qui est vrai pour tous les hommes éclairés de notre pays, de l'Europe, et l'on pourra bientôt dire de l'Amérique elle-même. La défense de l'esclavage est devenue à son tour un paradoxe, qui, se sentant battu sur le terrain du droit pur, se retranche derrière des raisons d'intérêt. Nous nous reprocherions d'avoir pressé la main d'un négrier, et nous nous sentirions mal à l'aise vis-à-vis d'un propriétaire d'esclaves. Voilà certainement une révolution, et une révolution dont nous devons être fiers, qui s'est produite dans nos idées morales : il faut en faire honneur à la philosophie moderne et à une discussion plus approfondie des principes de la morale.

Sachons donc, Messieurs, accepter la discussion sur ce terrain, sans nous aveugler sur ses périls, mais sans méconnaître ses bienfaits. C'est dans cet esprit que je viens traiter devant vous, non pas toutes les questions qui se rapportent aux fondements de la morale (une simple conférence n'y pourrait suffire), mais, sinon la plus grave, du moins celle qui passionne le plus l'opinion publique, la question de la morale indépendante. La morale, dans ses principes et dans ses préceptes, se suffit-elle à elle-même, ou bien réclame-t-elle l'appui des idées religieuses? Voilà le problème qu'il s'agit de résoudre. Tous nos devoirs sont engagés dans ce problème, et, avec eux, les plus précieuses de nos croyances. Je comprends donc aisément l'émotion qu'il excite, et je ne me plains même pas si cette émotion se traduit trop souvent en une polémique acerbe et violente. Sur de telles questions, les plus regrettables écarts valent mieux que l'indifférence; ils attestent presque toujours un heureux réveil des âmes. Ces discussions passionnées n'en sont pas moins dangereuses. Elles troublent les consciences sans les éclairer. Elles compromettent surtout la bonne cause, en la rendant suspecte et souvent odieuse, non-seulement à ses adversaires, mais à tous ceux qui tiennent encore en suspens leurs convictions et leurs préférences. La vérité ne veut pas sans doute être défendue froidement; il faut que le cœur palpite sous les arguments de la raison; mais il ne faut pas qu'il s'abaisse, même sous l'empire d'une indignation légitime, aux récriminations et aux injures.

Telle est la loi, Messieurs, que je m'imposerai, pour ma part, dans le solennel débat auquel je vous convie. Je m'efforcerai d'y éviter ces entraînements si naturels et si excusables, mais toujours si fâcheux, d'une conviction ardente et sincère qui ne sait pas réfuter l'erreur sans incriminer la bonne foi. L'impartialité me sera d'ailleurs d'autant plus facile que je rencontre de part et d'autre, parmi les adversaires comme parmi les partisans de la morale indépendante, des hommes dont j'estime le caractère et dont quelques-uns veulent bien m'honorer de leur amitié. Mon choix est fait entre leurs opinions, et je vous exposerai avec une entière franchise celle que je crois vraie; mais, entre leurs personnes, je puis, grâce à Dieu, sans trahir les intérêts de la vérité, partager ma sympathie et mon respect.

Avant d'entrer dans le fond du débat, je dois peut-être en excuser l'austérité auprès de la plus gracieuse partie de mon auditoire. Votre sexe, Mesdames, ne passe pas pour se plaire aux abstractions métaphysiques, et le sujet que j'ai choisi n'est guère propre, je le crains bien, à vous réconcilier avec elles. Il entre difficilement dans votre esprit qu'on puisse, je ne dis pas démontrer, mais seulement concevoir une morale sans base religieuse. Dès les premiers enseignements que vous avez reçus sur les genoux de vos mères, vous avez été habituées à unir l'idée du devoir et l'idée de Dieu. Mères à votre tour, vous ne songez pas à les séparer dans les leçons de morale que vous donnez à vos enfants. Mais cette séparation, qui vous semble inconcevable, on la fait autour de vous. Vos frères, vos maris, vos fils s'ouvrent peut-être plus aisément à ces doctrines dont la seule supposition répugne à tous vos instincts. Ils se font ainsi, songez-y bien, une autre morale que la vôtre; ils entendent différemment, non pas des questions de pure théorie, mais le principe même des devoirs qui vous unissent à eux et qui vous les rendent si chers. Laisserez-vous se creuser un abîme entre vos consciences et les leurs, et, s'il n'est pas d'autre moyen de rapprochement, hésiterez-vous à les suivre sur ce terrain de la philosophie pure, où vous pouvez espérer encore de les reconquérir? Les théories qui vous effarouchent et dont vous redoutez la contagion n'y règnent pas seules; les convictions que votre cœur a embrassées de lui-même y mûrissent aussi, au soleil de la raison. La philosophie vous enseignera à les défendre avec les armes mêmes qu'on leur oppose, et vous saurez en même temps les faire aimer par cet attrait du sentiment que vous continuerez à leur prêter. Ne vous laissez pas effrayer par cette inscription que le prince des philosophes, Platon, avait placée à la porte de son école : « Nul n'entre ici s'il n'est géomètre. » Écoutez plutôt le même Platon, vous disant, par la bouche de son maître Socrate, « qu'il ne savait qu'une seule science, celle de l'amour. » Il entendait par là l'amour du bien et du beau, c'est-à-dire le sentiment qui est le plus naturel à votre sexe et qui a toujours fait sa noblesse. Ces abstractions qui vous font fuir ne sont que le squelette de la philosophie; son objet propre, même quand elle s'égare, ce sont toujours ces vérités idéales qui élèvent l'âme au-dessus de la région des choses sensibles. Or, ni votre imagination, ni votre cœur, ni votre raison ne peut se contenter des réalités vulgaires. C'est pour vous un besoin de tout ennoblir, même les plaisirs les plus frivoles, où vous ne savez pas vous passer d'élégance. La philosophie n'est donc pas pour vous une terre absolument étrangère, et elle est d'autant plus faite pour vous attirer, qu'elle sait davantage rester fidèle à son caractère idéaliste, en répudiant le positivisme qui la nie et le matérialisme qui la dégrade. Gagner les âmes au spiritualisme, voilà l'œuvre que vous pouvez tenter sous sa bannière : cette œuvre est digne de vous; elle répond à vos meilleures inclinations; elle donne satisfaction à vos plus chers intérêts; c'est dans l'espoir de vous y associer que j'appelle vos méditations sur la question philosophique de la morale indépendante.

I.

Quand on demande si la morale est indépendante des idées religieuses, il ne s'agit évidemment que de la morale naturelle dans ses rapports avec la religion naturelle. La question est purement philosophique, et rien n'a plus contribué à l'obscurcir, en même temps qu'à la passionner, que la prétention de la transformer en une controverse théologique. La morale a sa place dans toutes les théologies, non comme un enseignement

accessoire, mais comme un élément essentiel des dogmes révélés. On ne peut donc séparer la morale théologique de la
religion dont elle fait partie; on ne peut dire au chrétien,
au juif ou au musulman : « Tu croiras à l'Evangile, au
Pentateuque ou au Coran; mais tu ne croiras ni à la morale
de l'Evangile, ni à la morale du Pentateuque, ni à la morale du
Coran. » Nier la morale théologique, c'est supprimer toutes les
religions positives : tant qu'elles subsistent, et pour tous ceux
qui ont foi dans leur autorité, elles ont une morale, et cette
morale est nécessairement dépendante de leurs dogmes. La
seule question qu'on puisse traiter, sur le terrain de la théologie, ce n'est pas celle de la morale indépendante, mais celle
de l'existence ou de la possibilité même d'une religion surnaturelle. Or, une telle question, Messieurs, il ne faut pas l'abor-
der subrepticement, en quelque sorte, à propos de morale, il
faut la traiter en elle-même, dans tout l'ensemble des croyances
qu'elle met en jeu. C'est ainsi que je me serais fait un devoir
de la traiter, sans réticences et sans détours, si j'avais cru con-
venable de l'introduire dans cette enceinte, réservée à des
sujets de littérature et de science. Mais ce n'est pas là, je le
répète, la question de la morale indépendante, et, pour le
croyant, comme pour le libre penseur, la théologie y doit rester
entièrement étrangère.

Tous les hommes, dans tous les pays et au sein de toutes les
religions, reconnaissent une morale naturelle, dont la conscience
est l'organe, et qui se manifeste directement à la raison avec le
triple attribut de la nécessité, de l'universalité et de l'éternité.
Les sages du paganisme se sont appliqués à la mettre en lumière; le christianisme, par la voix de ses théologiens comme
par celle de ses philosophes, ne l'a jamais méconnue : « Il est,
dit Cicéron, une loi véritable, la droite raison, conforme à la
nature, universelle, immuable, éternelle, dont les ordres invi-
tent au devoir, dont les prohibitions éloignent du mal. Soit
qu'elle commande, soit qu'elle défende, ses paroles ne sont ni
vaines auprès des bons, ni puissantes sur les méchants. Cette
loi ne saurait être ni contredite par une autre, ni rapportée en
quelque partie, ni abrogée tout entière. Ni le sénat, ni le peuple

ne peuvent nous délier de l'obéissance à cette loi. Elle n'a pas besoin d'un nouvel interprète ou d'un organe nouveau. Elle ne sera pas autre dans Rome, autre dans Athènes; elle ne sera pas demain autre qu'aujourd'hui; mais, dans toutes les nations et dans tous les temps, cette loi régnera toujours, une, éternelle, impérissable (1). » Saint Thomas-d'Aquin ne s'exprime pas autrement : « Dieu seul et les bienheureux qui voient Dieu dans son essence savent ce qu'est en elle-même et dans la pensée divine la loi éternelle; mais, tous les hommes, pour peu qu'ils soient doués de raison, et qu'ils aient quelque connaissance, même au plus faible degré, des principes naturels de la vérité, ont aussi quelque connaissance de la loi éternelle, qui est une vérité immuable (2). » Tel est également le langage de Bossuet, de Fénelon, de Malebranche, de Leibnitz, et la philosophie chrétienne de nos jours, dans ses luttes contre le rationalisme, ne l'a jamais répudié. Les mêmes idées morales, dit un philosophe espagnol que l'Eglise catholique a compté parmi ses plus ardents défenseurs, « ont cours parmi les ignorants et les savants, chez les nations barbares, comme chez les peuples civilisés, dans la jeunesse des sociétés, comme dans leur enfance et leur vieillesse, au milieu des mœurs pures comme au sein de la plus scandaleuse corruption; elles expriment quelque chose de primitif, d'inné, d'essentiel à l'esprit humain, quelque chose dont l'homme voudrait en vain se dépouiller, tant qu'il est en possession de lui-même. L'application de ces idées sera quelquefois plus ou moins heureuse ou irrégulière; mais les idées mères du bien et du mal, du juste et de l'injuste, du licite et de l'illicite sont les mêmes dans tous les temps et dans tous les pays; elles forment comme une atmosphère où respire et vit l'esprit humain (3). »

Il y a donc, pour toutes les religions, deux morales, ou plutôt deux enseignements de la morale, l'un surnaturel, l'autre na-

(1) *République*, traduction de M. Villemain.

(2) *Prima secundæ partis, quæstio 93,* art. 2.

(3) Jacques Balmès, *Philosophie fondamentale,* liv. x, ch. xviii, traduction de M. l'abbé Manec.

turel, l'un dépendant, l'autre indépendant de leurs dogmes. Non-seulement les religions positives ne revendiquent aucun droit sur la morale naturelle, mais elles ne peuvent se dispenser de compter avec elle. Le fanatisme seul se rangerait sous leur bannière, si elles exigeaient qu'on renonçât à sa conscience et à sa raison pour se soumettre en aveugle à leurs décisions. La conformité d'une religion avec la morale naturelle a toujours été la pierre de touche de sa vérité. C'est en l'accusant d'immoralité que le christianisme a porté les plus rudes coups au paganisme. Voyez, dit Polyeucte à Félix,

> Voyez l'aveugle erreur que vous osez défendre :
> Des crimes les plus noirs vous souillez tous vos dieux ;
> Vous n'en punissez point qui n'ait son maître aux cieux ;
> La prostitution, l'adultère, l'inceste,
> Le vol, l'assassinat et tout ce qu'on déteste,
> C'est exemple qu'à suivre offrent vos immortels (1).

C'est, d'un autre côté, en faisant appel à la conscience de ses adversaires et en la forçant à reconnaître les vertus chrétiennes que le christianisme a trouvé la voie la plus sûre pour gagner les âmes. Chez les chrétiens, dit, dans la même tragédie, le païen Sévère,

> ... Chez les chrétiens les mœurs sont innocentes,
> Les vices détestés, les vertus florissantes :
> Ils font des vœux pour nous qui les persécutons ;
> Et, depuis tant de temps que nous les tourmentons,
> Les a-t-on vus mutins ? les a-t-on vus rebelles ?
> Nos princes ont-ils eu des soldats plus fidèles ?
> Furieux dans la guerre, ils souffrent nos bourreaux ;
> Et, lions au combat, ils meurent en agneaux (2).

On peut disputer sur l'étendue, la clarté et l'autorité de cette morale naturelle, que chaque religion prend pour juge dans la conscience même de ses adversaires : on ne disputera ni sur son existence, ni sur son indépendance à l'égard des dogmes révélés. Mais les idées religieuses ne sont pas ren-

(1) *Polyeucte*, acte v, scène iii.
(2) *Polyeucte*, acte iv, scène vi.

fermées dans l'enceinte plus ou moins vaste de ce qu'on nomme les religions ; elles sont, comme la morale elle-même, le patrimoine naturel du genre humain. C'est encore un point sur lequel la théologie chrétienne est d'accord avec la philosophie de tous les temps. « Les choses que nous affirmons sur la nature de Dieu, dit saint Thomas, forment deux catégories de vérités. Les unes dépassent toute la puissance de la raison humaine, par exemple, qu'il y a un Dieu triple et un. Mais il y a d'autres vérités auxquelles la raison naturelle peut atteindre d'elle-même, comme l'existence et l'unité de Dieu, et tous les attributs divins que les philosophes ont prouvés démonstrativement, guidés par la lumière de la raison naturelle (1). » Il y a donc une religion naturelle, comme il y a une morale naturelle, et l'une et l'autre sont affaire, non de théologie, mais de philosophie. C'est seulement entre ces deux grandes branches des vérités de l'ordre naturel, et, par conséquent, c'est à la lumière de la philosophie seule que peut se poser la question de la morale indépendante.

Est-ce à dire, Messieurs, que cette question laisse la théologie entièrement indifférente. Non, sans doute, car la théologie ne saurait être indifférente ni à la religion naturelle ni à la morale naturelle. Elle y trouve, sinon des éléments de ses dogmes, du moins leur plus ferme soutien, quand les enseignements donnés au nom de la raison sont d'accord avec ceux de la foi. Mais cet accord elle ne peut le réaliser qu'en invoquant la raison, c'est-à-dire en acceptant la discussion philosophique. La philosophie reste donc maîtresse du terrain, quels que soient les vœux que forme la théologie. J'ajoute, pour la question qui nous occupe, que nul intérêt théologique n'est proprement engagé dans la solution qu'elle peut recevoir. Celui qui bannit de sa morale tout principe de religion naturelle sera souvent également rebelle à une religion révélée; mais le contraire n'est ni impossible ni sans exemple. L'incrédulité théologique ne s'allie pas nécessairement à l'incrédulité métaphysique. Une morale nue, qui prétend se passer de Dieu et de l'autre vie, peut avoir

(1) *Contra gentiles*, liv. i, ch. iii.

pour effet d'éveiller le besoin d'une foi surnaturelle, et ce besoin peut, en revanche, cesser de se faire sentir, si le devoir trouve dans la raison même l'appui des croyances et des espérances religieuses.

II.

Laissons donc de côté toute préoccupation favorable ou hostile à la foi, et maintenons le débat dans la région sereine des questions de pure science. On présente généralement, en faveur de la morale indépendante, deux sortes d'arguments : les uns tendent à prouver qu'elle est possible, les autres, qu'elle est légitime. J'accepte les premiers, je repousse les seconds.

La religion naturelle, aussi bien que la religion révélée, peut cesser d'éclairer les âmes, sans que tout principe de morale disparaisse avec elle. L'athéisme n'entraîne pas nécessairement la négation du devoir ; il se concilie quelquefois avec la morale la plus élevée et la plus pure. — Ce n'est, direz-vous, qu'inconséquence et hypocrisie. — Inconséquence, je le crois, et j'essaierai tout-à-l'heure de le démontrer ; mais il s'agit en ce moment de ce qui est, non de ce qui doit être. La morale peut-elle subsister, quand les idées religieuses sont absentes, voilà la question, et ce n'est pas par la logique, c'est par l'expérience qu'on peut la résoudre. L'inconséquence est malheureusement naturelle à l'homme, et il n'en est pas de plus commune que d'admettre les effets sans remonter jusqu'aux causes. Un physicien qui reconnaît l'ordre du monde et qui l'explique par le hasard, est, à mes yeux, très-illogique, mais sa mauvaise métaphysique n'empêche pas que sa physique ne puisse être excellente. Il en est de même pour la morale : ses préceptes gardent leur évidence, lors-même qu'on en méconnaît le principe suprême ; elle est imparfaite et tronquée, mais elle ne disparaît pas de la conscience.

Quant à l'hypocrisie, Messieurs, nous la supposons trop aisément chez ceux qui se refusent à penser en tout comme nous. Nous croyons plus volontiers à la mauvaise foi qu'à l'aveuglement. C'est un hommage que l'on rend à l'intelligence de l'homme, aux dépens de son honnêteté. La tendance contraire serait plus charitable : je la crois également plus sage et plus vraie. J'ai toujours rencontré plus d'hommes inconséquents que de véritables hypocrites. L'hypocrisie d'ailleurs se pique de logique ; elle ne s'arrête pas à moitié chemin : un hypocrite dans l'ordre moral le sera aussi dans l'ordre religieux. Il n'est pas impossible sans doute qu'un athée ne se fasse honneur de son athéisme, comme d'une marque de force d'esprit, sans renoncer pour cela à se concilier les consciences honnêtes par l'étalage d'une morale sévère ; mais, plus souvent encore, pour une âme sans droiture, l'athéisme perdra tout son prestige, s'il ne peut servir de prétexte au rejet de tout devoir.

Nier Dieu ce n'est pas toujours la révolte criminelle d'une âme orgueilleuse ; ce n'est souvent qu'une aberration de la raison, qui ne porte aucune atteinte à la rectitude de la conscience et à la pureté du cœur. Or, la morale n'est pas seulement affaire de raisonnement : avant toute démonstration, ses préceptes parlent d'eux-mêmes à la conscience ; ils se traduisent en jugements d'une évidence immédiate sur nos actions et sur celles d'autrui, et, en portant ces jugements, nous y reconnaissons non moins immédiatement la loi universelle dont ils sont l'expression. Un vol se commet sous mes yeux : je n'ai pas besoin de disserter sur le fondement de la propriété ou sur le principe général du droit ; une voix intérieure me crie que c'est un acte mauvais et qu'il serait toujours mauvais en tout temps et en tout lieu et quel qu'en fut l'auteur ou la victime. L'athée entend cette voix, comme le commun des hommes, comme ceux qui repoussent son système ou qui ne savent pas même ce que c'est qu'un système, et il suffit qu'il l'entende pour qu'il reste fidèle, en théorie et en pratique, à la morale du genre humain. « Je l'ai trouvé extrêmement peuple à l'égard du moral, » écrivait, en parlant de Diderot, un philosophe contemporain, qui était venu lui exposer un système de métaphysique où la morale naturelle n'avait pas plus de place que la religion naturelle. L'entretien des deux philosophes avait eu un caractère tout intime, et

Diderot s'y était déclaré franchement athée; sa sincérité ne saurait donc être douteuse, quand il reculait devant les conséquences qu'un logicien plus hardi prétendait tirer de leurs principes communs; c'était évidemment l'heureuse inconséquence d'une âme honnête, qui faisait effort pour se retenir à la morale populaire après avoir secoué le joug de la religion populaire. Rien n'atteste mieux l'influence que les idées morales gardent dans toutes les âmes, indépendamment des idées religieuses (1).

J'irai plus loin, Messieurs : je crois que la morale subsiste encore dans la pratique, indépendamment des idées morales elles-mêmes. Epicure et Spinoza ont vécu en sages, bien qu'une morale proprement obligatoire n'eût point de place dans leurs systèmes. Diderot nous a raconté à son tour cette curieuse conversation dans laquelle il s'était attiré les dédains d'un confrère en athéisme, en refusant de rompre avec la morale du vulgaire. Or, il ne douté pas de l'honnêteté pratique de ce contempteur de toute morale, et il en donne une raison qui vous frappera : « Quelles que soient nos opinions, on a toujours des mœurs quand on passe les trois quarts de sa vie à étudier (2) ». Rien de plus vrai, Messieurs; l'étude élève l'âme, et une âme élevée ne saurait être une âme corrompue; les sophismes qui la troublent peuvent étouffer dans ses jugements la voix de la conscience et du cœur, ils ne l'étoufferont pas dans ses actes. Purifiée par ce travail même de la pensée qui l'éloigne de la vérité, elle se sentira impuissante à fouler aux pieds l'honneur, le devoir, les sentiments de famille, alors même qu'elle ne voudra voir dans l'honneur qu'un préjugé, dans le devoir qu'une invention des législateurs ou des prêtres, dans la famille qu'une institution contre nature.

On a prétendu qu'il n'y avait point de vrais athées. Ceux qu'on flétrit de ce nom, ceux mêmes qui ne craignent pas de

(1) Voir, sur cet épisode jusqu'alors inconnu de notre histoire philosophique, le livre intitulé: *Antécédents de l'Hégélianisme dans la philosophie française, Dom Deschamps, son système et son école, par Émile Beaussire*, (Bibliothèque de philosophie contemporaine).

(2) Lettre à Mlle Voland, 11 septembre 1769.

s'en faire un titre d'honneur, ne cessent pas, dit-on, de reconnaître une nature divine, bien qu'ils ne l'entendent pas à la façon du vulgaire. Tous les hommes n'adorent pas le même Dieu ; mais il est impossible, à moins de renoncer à sa raison, de croire que tout s'écoule au hasard et sans cause ; or, dès qu'on admet un principe premier des choses, quand ce serait la matière elle-même, on admet un être éternel, on admet un Dieu. Je ne saurais, Messieurs, accepter une telle conséquence. A force d'étendre l'idée de Dieu, on finit par lui ôter toute valeur. Je ne suis pas de ceux qui voient des athées partout. La croyance en Dieu peut affecter différentes formes, parmi lesquelles je n'exclus pas même celle du panthéisme. Je permets à Spinoza de parler de Dieu, car ce nom représente pour lui, sinon un être entièrement distinct, du moins une idée distincte, celle d'une substance infinie, douée d'attributs infinis, dont toutes les choses du monde ne sont que des modifications. Mais prêter à la matière elle-même l'immensité et l'éternité, ce n'est pas seulement altérer, c'est supprimer l'idée de la substance divine. Et cette hypothèse même d'une matière éternelle, tous ceux qui prennent ou qui reçoivent le nom d'athées ne sont pas disposés à l'admettre ; beaucoup la rejettent ou du moins la déclarent douteuse, comme étant en dehors de l'expérience. C'est le parti auquel s'arrêtent les positivistes, et, comme les matérialistes, ils professent sans contredit le pur athéisme.

L'athéisme a donc sa place parmi les égarements de l'esprit humain. Mais ce qu'on a dit à tort de l'idée de Dieu, nous le dirons, Messieurs, des idées morales. Il est impossible de les nier de bonne foi. Elles peuvent se produire diversement dans leurs applications et dans leurs principes, mais nulle âme ne leur reste étrangère. Nous sommes tellement convaincus de leur universalité, que nous en faisons la base constante de nos jugements sur nos semblables. Nous ne supposons pas sans doute que tous les hommes sont également éclairés sur leurs devoirs, nous admettons des degrés dans la responsabilité ; mais il nous est impossible d'admettre qu'il n'y ait pas pour toutes les consciences une lumière commune. Telle est donc la force propre des croyances morales qu'elles ne se perdent jamais tout entières dans le naufrage des autres croyances. L'athéisme est possible ; la négation absolue de la morale ne l'est pas. Considérée comme un fait, l'indépendance de la morale à l'égard des idées religieuses est donc incontestable.

III

Mais on ne s'en tient pas au fait quand on affirme l'indépendance de la morale ; on la réclame au nom de la logique et de l'intérêt social, comme l'essence même de la morale, comme la condition de sa pureté et de sa stabilité. Voici, Messieurs, quelques-uns des principaux arguments sur lesquels s'appuie cette prétention :

« Tous les hommes, dit-on, se sentent soumis à une loi commune ; elle est empreinte dans leurs âmes avec les mêmes caractères ; d'un bout de la terre à l'autre, elle atteste son autorité par les mêmes jugements. Or, la même universalité est loin d'appartenir aux idées religieuses. Elles varient entre les diverses religions, et, au sein même de chaque religion, entre les divers systèmes philosophiques. Est-ce donc sur cette mer orageuse qu'il faut exposer la morale universelle ? Elle est faite pour être un lien entre les hommes : faut-il l'associer à ce qui divise les hommes ? Chaque système religieux voudra avoir sa morale et l'opposera à la morale des autres systèmes. L'esprit de secte envahira le devoir ; il étouffera cette voix de la conscience générale, qui tiendrait partout le même langage, s'il ne s'y mêlait pas d'autres voix. Or, ces voix qui s'y mêleront, ce seront le plus souvent des voix menteuses. La vérité est une ; elle ne peut être que d'un seul côté parmi toutes ces doctrines qui se contredisent. La morale reposera donc sur une base fausse pour toutes les âmes que n'éclairera pas la vérité religieuse ; elle partagera le sort de ces principes mal assis où elle aura cherché imprudemment un appui ; elle subira la contagion des mêmes sophismes, et ces sophismes, en passant de l'ordre spéculatif dans l'ordre pratique, pervertiront l'âme tout entière. Sans doute on peut compter sur la droiture naturelle de la

conscience pour sauver la morale aux dépens de la logique ;
mais, si elle ne doit trouver son salut qu'en faisant violence à
son prétendu principe, quel plus fort argument en faveur de
son indépendance ! La logique, d'ailleurs, n'abandonne jamais
tous ses droits : si l'on ne va pas jusqu'aux dernières conséquences d'une doctrine, l'esprit le plus ferme n'est jamais en
garde contre toutes les erreurs qu'elle recèle. Et, pour une
âme saine, combien d'âmes faibles et malades, livrées sans défense à tous les artifices de l'erreur ! Une doctrine immorale, si
elle se produisait seule, révolterait souvent la conscience ; gref-
fée sur une doctrine religieuse, elle se présentera à la raison
avec toute la majesté de Dieu, et la conscience sera désarmée.

» Le spectacle des contradictions humaines a de tout temps
fait naître le scepticisme. On s'épargne la peine de choisir entre
les doctrines qui se disputent les âmes, en déclarant qu'elles
sont toutes également incertaines. Heureux quand le doute se
borne aux matières spéculatives et ne s'étend pas à la morale !
Or, la morale ne peut être préservée que par son indépendance :
rattachée à ces opinions religieuses dont la diversité est le
triomphe du scepticisme, comment ne succomberait-elle pas
sous les mêmes coups ? Elle a bien assez de ses propres ennemis, de ce flot de passions et d'intérêts qui ne cesse pas de la
battre en brèche : doit-elle encore prêter le flanc au scepticisme, en se plaçant sous la dépendance d'idées obscures et
toujours contestées. Le vice saisira avec empressement cette
cause d'incertitude où il peut puiser une nouvelle force : non-
seulement le doute s'étendra des doctrines aux préceptes, mais
on se plaira à douter des doctrines pour avoir un motif de reje-
ter les préceptes.

» La diversité des opinions a eu pour effet, depuis près d'un
siècle, de faire entrer dans nos mœurs une tolérance mutuelle,
et, dans nos institutions, le principe nouveau de la liberté de
conscience. Bien peu toutefois voudraient étendre aux opinions
immorales le bénéfice de la tolérance et de la liberté. On ne
consent à respecter que les doctrines spéculatives, qui ne sont
pas de nature à ébranler directement la moralité publique. Or,
cette distinction n'est possible que si la morale forme une

science entièrement indépendante. Dès qu'elle repose sur les idées religieuses, elle reçoit nécessairement le contre-coup de toutes les discussions dont ces idées sont l'objet. Quel est le reproche qui revient le plus souvent dans ces discussions ? C'est celui d'immoralité. Une doctrine qui sert de fondement à la morale ne peut, en effet, être accusée d'erreur, sans être accusée de ruiner la morale elle-même. Il faut donc, ou renoncer à la liberté de conscience, ou lui laisser envahir le domaine sacré de la morale ; car, que servirait-il de lui soustraire les conséquences, si on lui abandonne les principes ? La morale indépendante peut seule nous sauver de cette redoutable alternative, qui ne nous laisserait le choix qu'entre l'abandon d'une des plus précieuses conquêtes de la civilisation moderne et un péril évident pour les bonnes mœurs et pour l'ordre social tout entier. »

Tous ces arguments, Messieurs, que je vous ai exposés impartialement et sans les affaiblir, ne créent encore qu'une présomption en faveur de la morale indépendante. Ils prouvent ses avantages plutôt que sa légitimité. Ils ne sont pas moins de nature à faire une profonde impression sur les esprits. Je crois donc nécessaire de les discuter immédiatement.

La base de ces arguments, c'est l'opposition entre l'universalité des idées morales et la diversité des idées religieuses. Cette opposition est réelle ; mais il ne faut pas l'exagérer. L'Islamisme, le Judaïsme, toutes les communions chrétiennes sont d'accord pour reconnaître et pour maintenir parmi leurs fidèles une même philosophie religieuse, dont les doctrines fondamentales sont l'unité de Dieu, sa providence, sa justice dans cette vie et dans une autre. Les mêmes doctrines étaient enseignées par les plus grands philosophes païens ; elles forment, dans les temps modernes, le patrimoine commun de tous les philosophes spiritualistes, soit qu'ils acceptent le joug d'une religion positive, soit qu'ils ne se confient que dans la lumière naturelle. Elles ne sont pas entièrement étrangères au panthéisme théologique de l'extrême Orient, et l'on en retrouve encore la trace dans la plupart des systèmes entre lesquels se subdivise le panthéisme philosophique de l'Occident. Elles sont loin

d'être bien comprises de tous ceux qui les professent; mais ceux qui les nient expressément, en tout ou en partie, ne forment qu'une petite portion, je ne dis pas seulement de l'humanité, mais des esprits cultivés.

D'un autre côté, il ne faut pas entendre l'universalité de la morale comme un accord complet de toutes les consciences sur les mêmes principes et sur les mêmes préceptes. Je vous ai montré, dès le début de cette conférence, quelle est la part des idées morales et dans ces luttes d'opinions qui troublent si profondément nos sociétés modernes et dans les progrès qui les honorent. Et quelles variations ne nous offriraient-elles pas si nous pouvions en suivre, en quelque sorte, l'histoire et la géographie à travers tous les peuples anciens et modernes, depuis l'état sauvage jusqu'au plus haut degré de civilisation que l'humanité ait atteint! La vérité morale est universelle, comme toutes les vérités; mais elle n'a pas, par-dessus les autres vérités, le privilége de se manifester clairement et tout entière à toutes les intelligences. Elle a seulement cet avantage, en vertu de son caractère obligatoire, qu'aucun être raisonnable ne saurait lui rester étranger. L'idée du devoir prend nécessairement naissance avec le premier exercice de la raison et de la liberté, et avec elle se produit cette responsabilité morale qui distingue l'homme de la brute. Mais chacun n'est responsable qu'en proportion de ses lumières. Si nous faisons l'honneur au sauvage de le traiter en homme, en lui demandant compte de ses actes, nous ne commettons pas l'injustice de lui demander le même compte que nous demanderions au civilisé. Même à un siècle de distance, au sein de notre civilisation chrétienne, les bases de l'appréciation morale ne peuvent sans injustice être absolument les mêmes. Nous admirons la tolérance de Fénelon, nous ne lui reprocherons pas de n'avoir ni pratiqué ni compris notre liberté de conscience. Nous louons Washington de son humanité envers ses esclaves : s'il vivait de nos jours, toute sa gloire et toutes ses vertus le laveraient difficilement de la tache d'avoir des esclaves. Non qu'il faille dire avec Pascal : « Plaisante justice qu'une rivière borne! Vérité au-deçà des Pyrénées, erreur au-delà! » Mais quiconque ne se paie pas de mots doit admettre des différences et des degrés dans la connaissance d'une même vérité et d'une même justice.

Dans les temps calmes ; nous prenons souvent pour l'accord des consciences ce qui n'est que l'effet des usages, des mœurs, des lois établies. Mais qu'une révolution vienne à ébranler les usages, les mœurs ou les lois, on voit aussitôt combien cet accord est précaire. Le devoir, si clair tout-à-l'heure, devient soudainement obscur: les uns, ne le reconnaissant plus, suivent sans scrupule la passion du moment ; les âmes les plus droites le cherchent avec angoisse, et il leur apparaît souvent dans les voies les plus opposées. Le grand poète anglais Shakespeare, dans une de ses plus belles tragédies, nous fait assister à ces luttes déchirantes d'une âme vertueuse en temps de révolution. Brutus se croit appelé par le vœu de ses concitoyens à tuer César, le destructeur de la liberté romaine. Un tel acte est autorisé par les usages et même par les lois de toutes les républiques anciennes ; c'est même un titre de gloire pour ceux qui l'ont accompli, et il n'est pas un moraliste qui ne l'approuve sans réserve (1). Pourtant Brutus ne s'y décide qu'avec horreur. Il sent que c'est une trahison, qu'il faut comploter dans l'ombre, poursuivre par des voies obliques, exécuter enfin à la façon d'un lâche meurtrier, en attaquant un homme sans défiance. Et ce qui ajoute encore à l'odieux de la résolution qu'il va prendre et au déchirement de son âme, cet homme qu'il doit tuer, il ne peut s'empêcher de l'aimer. Aussi compare-t-il à un rêve hideux l'intervalle entre la première conception et l'accomplissement d'un acte terrible ; et, quand les conjurés viennent le trouver, au milieu de la nuit, *le visage enseveli dans leurs manteaux :* « O conspiration, s'écrie-t-il, as-tu honte de montrer ton front dangereux même dans la nuit, lorsque tous les crimes se donnent libre carrière? Oh! alors, dans le jour, où trouverais-tu une caverne assez sombre pour cacher ton monstrueux visage? N'en cherche aucune, conspiration! masque-le sous les sourires et l'affabilité ; car, si tu marchais sous ton

---

(1) Voir, sur cette question du meurtre politique chez les Grecs et chez les Romains, une remarquable dissertation de M. Egger.

véritable aspect, l'Erèbe lui-même ne serait pas assez noir pour te dérober aux soupçons (1)! »

Ces hésitations, Messieurs, le Brutus de l'histoire les avait ressenties, au témoignage de Plutarque. Le Brutus de la tragédie les exprime avec toute la force des sentiments modernes. Aujourd'hui, une âme droite rougirait même d'hésiter. Si l'assassinat politique n'a pas, hélas! disparu de la terre, en dehors de quelques fanatiques il n'excite partout que l'indignation et l'horreur.

Un de nos poètes les plus éminents a su aussi nous montrer, dans notre propre révolution, une de ces situations douloureuses, où de nobles cœurs, sans perdre leurs droits à l'estime des honnêtes gens, peuvent se diviser dans l'appréciation de leurs devoirs. La République française, menacée au-dedans et au-dehors par des ennemis implacables, se perd par ses propres excès. Quelques-uns de ses partisans les plus convaincus et les plus dévoués, justement indignés de tant de crimes commis en son nom, se séparent avec éclat, non de sa cause, mais de celle du gouvernement qui la déshonore. D'autres font taire leur indignation: ils ne voient que la frontière envahie, tandis que la patrie commune est déchirée par la guerre civile, et ils croient que leur premier devoir est de prêter leur concours à la défense de la République et de la France. M. Ponsard nous a fait applaudir, dans sa tragédie de Charlotte Corday, aux nobles protestations des premiers contre un régime odieux; il nous a fait également applaudir, dans le *Lion amoureux*, non-seulement à la justification, mais à la glorification des seconds. Ces applaudissements unanimes donnés à deux conduites contraires, signifient-ils qu'il y a deux morales? Non sans doute; mais ils attestent qu'il est des circonstances où l'on ne peut juger les actes des hommes d'après une règle uniforme et reconnue de tous, et où l'on ne doit plus consulter que la pureté des intentions et l'honnêteté des cœurs.

La vérité morale n'apparaît donc pas toujours à la conscience et à la raison avec une évidence immédiate. Elle appelle le raison-

(1) *Jules César*, acte ii, scène i.

nement et la discussion, soit au sein de chaque âme, troublée par l'apparence de devoirs contraires, soit entre les hommes, quand ils cessent de s'accorder sur des maximes communes. L'alternative qu'on nous opposait tout à l'heure dans l'intérêt de la morale indépendante, ne saurait donc nous arrêter. Si les idées morales peuvent varier, si elles sont susceptibles de progrès, la liberté de conscience doit leur profiter, comme à toutes les autres idées. On peut prendre des précautions contre ses abus ; on peut l'empêcher de dégénérer en une provocation directe à des actes coupables ; mais les hommes ont toujours le droit de s'éclairer sur leurs devoirs, quand ils les entendent différemment, et lors même qu'il règne entre eux un accord à peu près complet, il ne faut pas enchaîner l'avenir aux opinions du présent. Toute discussion sur l'esclavage était naguère interdite dans une partie de l'Amérique, au nom de la morale, on allait même jusqu'à dire au nom de l'Évangile. Ce fanatisme des intérêts menacés révolte nos consciences, parce que nous ne doutons plus de l'illégitimité de l'esclavage. Si l'opinion contraire avait encore pour elle la majorité des esprits, ceux qui repoussent la liberté de conscience sur les questions de morale réclameraient sans doute, pour cette *propriété particulière*, le même respect que pour les autres formes du droit de propriété, et ils travailleraient ainsi à perpétuer une monstrueuse iniquité sociale.

J'écarterai aussi aisément, Messieurs, les autres objections préjudicielles que l'on fait au rapprochement des idées morales et des idées religieuses. S'il est vrai que les secondes n'offrent aux premières qu'une base souvent chancelante, celles-ci ne peuvent plus se comparer à une masse toute d'une pièce et soutenue par son propre poids. Elles sont comme une noble plante, destinée à grandir sans cesse à travers l'humanité, pourvu qu'elle trouve un sol propice et une culture intelligente et assidue. Or, le sol le meilleur a ses défauts et la culture la plus habile n'emploie que des moyens imparfaits. Vaut-il mieux cependant s'en rapporter au hasard que de tirer le meilleur parti possible des instruments dont on dispose ? Toute la question est là pour la morale. Elle existe assurément en dehors des idées religieuses ; elle trouve dans la conscience le sol où elle doit germer ; mais, pour qu'elle échappe à toutes les crises qui la menacent et pour qu'elle reçoive tous les développements qu'elle comporte, il ne suffit pas de la laisser reposer dans la conscience, il faut la cultiver à l'aide du raisonnement, de la discussion, de l'appel aux principes. Or, parmi les principes auxquels la morale doit demander sa culture, n'y a-t-il aucune place pour les idées religieuses? Voilà ce qu'il faudrait prouver, non pas en montrant qu'elle y rencontre une source d'erreurs, car elle n'est jamais à l'abri de l'erreur, mais en établissant qu'elle trouve en elle-même tous ses principes, et qu'elle ne peut attendre d'ailleurs aucun bienfait.

IV.

Tel est donc, Messieurs, le nouveau terrain sur lequel nous devons discuter la question de la morale indépendante. Toutes les sciences étaient autrefois dans la dépendance de la métaphysique et de la religion. Les sciences qu'on appelle positives s'en sont affranchies, et c'est de leur affranchissement que datent leurs plus grands progrès. Il faut examiner si la morale peut suivre leur exemple, et si, en le suivant, elle peut prétendre aux mêmes destinées.

Toutes les vérités mathématiques reposent sur quelques notions abstraites, d'une simplicité et d'une clarté incontestables. Toutes les vérités physiques reposent sur des faits, que l'expérience seule peut établir. Les unes et les autres sont étrangères à ce qu'on nomme la métaphysique. La métaphysique a pu suggérer aux mathématiques certaines conceptions, par exemple, celle de l'infini, qui a donné naissance au calcul infinitésimal; mais il ne s'agit pas, pour ce calcul, de la nature de l'infini, pas plus qu'il ne s'agit, pour la géométrie ou la mécanique, de la nature de l'étendue ou de la force; il ne s'agit que de rapports abstraits, susceptibles d'une définition exacte et suffisamment claire en elle-même. La métaphysique peut également suggérer aux sciences physiques des hypothèses plus ou moins fécondes; mais ce ne sont que des hypothèses, tant qu'une expérience positive ne les a pas confirmées. Des faits exactement observés, voilà les seuls principes des sciences physiques : les lois de la nature ne sont elles-mêmes que des faits généralisés. Or, l'observation ne demande que des sens exercés et de bons instruments ; ses résultats sont indépendants de toute conception métaphysique.

La même indépendance appartient-elle à la morale ? La morale procède, comme les mathématiques, par voie de raisonnement ; mais ses principes ne sont pas des définitions abstraites, comme celles des mathématiques. On ne peut faire abstraction, pour le devoir, de l'autorité qui l'impose, de la raison qui le conçoit, des sentiments qui le secondent ou qui le combattent, comme on peut faire abstraction pour le mouvement, dans la mécanique rationnelle, de la cause qui le produit et des corps qui le reçoivent ou qui le communiquent. Mais d'un autre côté, si la morale n'est pas une science abstraite, est-elle, comme les sciences physiques, une science purement expérimentale ? Elle a besoin, sans contredit, d'observer la nature humaine, comme la physique observe la nature extérieure. C'est là son point d'appui, mais ce n'est pas son principe. La nature humaine nous offre des sentiments, des idées, des actes de volonté : la morale n'est étrangère à aucun de ces éléments de la vie de l'âme ; elle les éclaire et les gouverne, mais c'est au-dessus d'eux qu'elle a sa source.

Je n'ai pas besoin, Messieurs, après Cousin et Jouffroy, de réfuter la morale du sentiment. Le sentiment est à la fois le plus redoutable adversaire et le plus précieux auxiliaire de la morale. Mauvais, il trouble la raison et séduit la volonté ; bon, il donne l'impulsion aux grandes pensées et aux généreuses résolutions. Mais comment savons-nous si le sentiment est bon ou mauvais, salutaire ou funeste ? Par lui-même il est aveugle. Il n'a pas d'autre caractère que d'être plus ou moins vif, c'est-à-dire plus ou moins agréable ou pénible. La bienfaisance est pour vous la plus grande jouissance ; votre voisin ne sait peut-être goûter que les jouissances sensuelles : pourquoi prononcez-vous, pourquoi prononce-t-il lui-même, s'il est sincère, que votre plaisir est noble et que le sien est honteux ? C'est que l'un et l'autre vous portez en vous-mêmes une autre mesure que le sentiment : les idées du bien et du mal, voilà la lumière qui éclaire la sensibilité, voilà le principe de distinction entre nos plaisirs, quel que soit leur degré de vivacité, voilà la véritable règle morale. Cette lumière, ce principe, cette règle n'appartiennent point à la sensibilité : il faut demander les idées du bien et du mal à la faculté des idées, à l'intelligence, à la raison.

Quand nous ne verrions dans la morale que les idées qui l'expriment, c'est-à-dire un élément de notre propre nature, comme les sentiments eux-mêmes, nous n'aurions pas encore le droit d'affirmer son indépendance. Dans le monde des idées, je trouve les idées religieuses à côté des idées morales, et rien ne prouve qu'elles forment deux groupes entièrement distincts. Mais nos idées ne dépendent pas seulement les unes des autres, elles dépendent aussi de leurs objets. Nos idées physiques ne créent pas les lois de la nature; elles les représentent telles que la nature elle-même les réalise. Nos idées morales ne créent pas davantage les lois de la morale ; elles représentent également quelque chose de réel, une force assez puissante, non pour produire des effets irrésistibles, comme les forces de la nature, mais pour dicter les décisions de la conscience et de la raison, pour opposer une digue aux passions, pour commander à des volontés libres. Où réside cette force souveraine ? Elle se manifeste à la raison, mais elle n'est pas un produit ou une propriété de la raison. Elle a pour caractère d'être nécessaire et absolue : elle ne peut donc émaner que d'un être nécessaire et absolu. Comme toutes les vérités éternelles, qui, suivant l'expression de Bossuet, sont quelque chose de Dieu ou plutôt sont Dieu même, les vérités morales trouvent en Dieu seul leur origine et leur principe. En transportant la morale de la région des sentiments, où elle manque de base, dans celle des idées, à moins de n'en faire qu'un ensemble de conceptions abstraites, nous la revêtons nécessairement d'un caractère religieux.

Nous sommes conduits à la même conclusion, si nous considérons la morale dans son rapport avec notre troisième faculté, la volonté. Le philosophe Kant définit le devoir un *impératif,* c'est-à-dire un commandement. Or la volonté a le pouvoir de se commander certains actes, de s'en faire une loi, une obligation, un devoir. C'est dans ce pouvoir qu'elle manifeste sa liberté, et elle est d'autant plus libre, dans son empire sur elle-même, qu'elle s'affranchit davantage du joug des passions pour ne suivre que les maximes de la raison. On pourrait donc regarder la loi morale comme un commandement que s'impose à elle-même une âme vraiment libre. Mais ce n'est pas l'acceptation de la volonté qui prête à cette loi une force obligatoire. Elle ne règnerait pas moins sur nous, lors même que nous nous refuserions à l'observer, lors même que nous nous ferions, si l'on peut ainsi parler, une loi de l'enfreindre. Elle réside proprement, non dans les choses que nous commande notre volonté imparfaite, mais dans celles que nous nous commanderions nécessairement, si notre volonté était toujours droite et notre raison toujours éclairée, en un mot si nous réalisions l'idéal de la perfection divine. C'est donc à une volonté plus haute, à une volonté infaillible qu'il faut la rapporter. Sous ce point de vue encore, elle nous apparaît comme le commandement de Dieu même.

Toute loi appelle une sanction. Si la loi morale émane de Dieu, elle doit nécessairement recevoir une sanction divine. Cette satisfaction intérieure, qui est notre plus douce récompense, ces remords qui sont notre plus cruel châtiment, viennent à la suite de nos actions, non par l'effet de notre propre volonté, mais par le décret de celui qui nous gouverne. Il nous juge, en nous forçant à nous juger nous-mêmes, comme il nous commande, en chargeant notre raison de promulguer ses commandements. Mais en vain une philosophie trop austère veut-elle s'en tenir à cette sanction immédiate de la morale, je ne saurais, pour ma part, répudier ces arguments de tous les siècles et toujours aussi vrais qu'éloquents qui se fondent sur les injustices de ce monde pour attendre une sanction ultérieure. Quand l'honnête homme est méconnu, quand il est calomnié, trahi, persécuté, accablé de maux immérités, et, supplice plus cruel encore, quand, abandonné de tous, il en vient à douter de lui-même, l'ordre moral nous semble bouleversé, si l'avenir ne le venge pas du présent. Et, lorsque le méchant vit au sein du bonheur, lorsqu'il est considéré malgré ses crimes et comblé de tous les dons de la fortune, lorsqu'enfin il réussit quelquefois à endormir ses remords au bruit des applaudissements universels, la raison offensée n'invoque-t-elle pas contre lui, à défaut du jugement des hommes, à défaut du jugement de sa propre conscience, la juste sentence du seul juge qu'on ne puisse tromper? Si l'on pouvait se passer de Dieu comme auteur des lois morales, il faudrait toujours recourir à lui et faire intervenir sa volonté sainte pour donner à ces lois leur sanction nécessaire.

Je n'ai fait, Messieurs, que vous résumer la doctrine commune de tous les philosophes spiritualistes. Dieu est, pour Platon, l'idéal du bien, l'idée suprême qu'il faut contempler, si l'on veut agir avec sagesse dans la vie privée et dans la vie publique : aussi la perfection de la vertu consiste dans la ressemblance avec Dieu. Déchue de cette ressemblance, l'âme n'a de salut que dans une juste expiation, soit en cette vie, soit dans la vie future. Ce beau passage de Cicéron sur la loi universelle que je vous ai cité en commençant, a une conclusion toute religieuse : « Le Guide commun, le Roi de toutes les créatures, Dieu même donne la naissance, la sanction et la publicité à cette loi, que l'homme ne peut méconnaître sans se fuir lui-même, sans renier sa nature, et, par cela seul, sans subir les plus dures expiations, eût-il évité d'ailleurs ce qu'on appelle supplice. » C'est la doctrine même du christianisme, et aucun philosophe chrétien n'y a été infidèle. C'est également la doctrine des philosophes modernes qui ont montré le plus d'indépendance à l'égard de la théologie. Après avoir renversé la métaphysique religieuse, considérée en elle-même, Kant la reconstitue sur la base de la morale. Il établit que la morale nous conduit à la religion, c'est-à-dire à regarder tous nos devoirs comme des commandements de Dieu, et il lui donne pour conséquence dernière l'immortalité de l'âme et l'idéal du souverain bien réalisé dans une autre vie par la justice divine. L'école philosophique à laquelle je m'honore d'appartenir a reçu le même enseignement du maître illustre dont elle pleure la perte. Dans cet éloquent manuel de philosophie spiritualiste, où M. Cousin a résumé toute sa doctrine, sous les trois chefs *du vrai*, *du beau et du bien*, chaque partie, vous vous le rappelez, trouve son couronnement dans l'idée de Dieu : Dieu principe des vérités nécessaires, Dieu dernier fondement du beau, Dieu principe de l'idée du bien !

V.

Entre les écoles spiritualistes, le débat ne saurait porter sur l'indépendance complète de la morale à l'égard de la religion naturelle, mais sur la part plus ou moins grande qu'il convient de faire aux idées religieuses dans le développement des idées morales. Pour déterminer cette part, il faudrait faire tout un cours de morale; je me bornerai, Messieurs, aux points les plus essentiels.

On peut assurément concevoir et pratiquer la morale sans s'élever jusqu'aux conceptions de l'ordre religieux, comme on peut reconnaître les lois du monde physique sans rendre hommage à leur auteur. Mais, si la morale a son principe dans les idées religieuses, comment serait-il possible de se passer de ces idées pour la féconder, pour la développer, pour résoudre toutes les difficultés qui peuvent troubler les consciences? La morale philosophique n'a pas su, jusqu'à présent, tirer un assez grand parti de ce couronnement divin que lui a donné le spiritualisme. Les abstractions, dans lesquelles elle s'est presque toujours complu, ne sont comprises que de l'élite des esprits; elle parlerait à toutes les âmes, si elle posait ainsi ses questions : Dieu, tel que nous le concevons, peut-il commander, peut-il permettre un tel acte? Or, la philosophie, quand elle touche à la morale, n'intéresse pas seulement les philosophes, elle tient dans ses mains les destinées du genre humain. Qu'elle sache donc se rapprocher du genre humain, en lui parlant son langage. Ce n'est pas descendre, c'est monter; car ce Dieu des humbles qu'elle fera intervenir, c'est l'objet suprême de ses spéculations, et elle flotte dans le vide, quand elle ne s'élève pas jusqu'à lui.

Dans la morale pratique surtout, rien ne saurait remplacer

les idées religieuses. Elles nous ouvrent d'abord une nouvelle série de devoirs, les devoirs envers Dieu. Si Dieu est le principe de la morale, c'est envers lui, à proprement parler, que nous avons tous nos devoirs, c'est lui que nous honorons quand nous obéissons à sa loi. Mais il réclame de plus un hommage spécial et direct, qui devient une des obligations de la morale naturelle, dès qu'elle s'appuie sur une base religieuse. La philosophie ne dépasse pas ses limites en nous commandant d'adorer Dieu, de lui témoigner notre reconnaissance, et j'ajouterai même, de le prier. Le philosophe ne demandera pas à Dieu de changer, dans son intérêt, le cours des choses ; mais, en lui adressant ses vœux et ses espérances, il sentira la nécessité de ne rien désirer qui ne soit conforme à la bonté et à la justice divines. Or, n'est-ce pas en cela, Messieurs, que consistent l'essence et l'efficacité véritable de la prière ?

En dehors de ces devoirs, qui constituent proprement la morale religieuse, qui ne sent qu'un commandement divin doit avoir bien plus d'influence qu'une conception abstraite pour obliger la volonté et pour maîtriser les passions ? D'un côté, nous obéissons à un être vivant, qui nous a créés, qui nous conserve, qui nous aime, pour qui nous pouvons ressentir des mouvements d'amour et de reconnaissance ; ses lois se révèlent à nous comme des décrets inviolables et comme des marques de sa bonté ; tous ses ordres, en s'imposant à nous, satisfont notre raison, et nous promettent en même temps le bonheur et la liberté : de l'autre, c'est une puissance abstraite et presque impersonnelle, qui ne porte qu'un nom général, le nom de raison, qu'il faut personnifier et revêtir de couleurs empruntées, si l'on veut l'aimer et la respecter : quand l'idée du devoir, qu'elle présente comme une règle à notre volonté, aurait par elle-même le pouvoir de nous obliger, cette idée sublime, mais sans vie, aurait-elle la précision et l'efficacité d'un commandement de Dieu ? On peut lui appliquer ce que dit d'une idée analogue M. Saint-Marc-Girardin : « Elle est pure, mais, à mesure même qu'elle s'épure de degrés et degrés, il semble qu'elle s'évapore. Elle a ce qu'il faut pour charmer l'imagination et pour l'élever, elle est la meilleure des inspirations littéraires ; mais, pour attirer l'âme, pour la posséder par l'amour, elle manque un peu de réalité ; elle ne la touche pas comme le Dieu notre Père qui est aux cieux (1). »

Mais c'est précisément cette puissance de l'idée de Dieu que l'on redoute pour la morale. La crainte ou l'espérance remplacera le respect de la loi, si elle puise son autorité dans le commandement d'une volonté souveraine. On n'agira plus par devoir, mais pour plaire à un maître, pour obtenir ses faveurs, pour éviter sa vengeance. Telle est, en effet, Messieurs, l'idée que les esprits grossiers se font de l'obéissance à Dieu, et il s'est rencontré, je l'avoue, des théologiens et des philosophes pour la justifier. Dans un des plus jolis dialogues de Platon, Socrate réfute le devin Eutyphron, un théologien du paganisme, qui ne distingue le bien et le mal que d'après la volonté supposée de Dieu, et qui, pour plaire à Jupiter, assez mauvais fils comme vous savez, se croit obligé de porter contre son père une accusation capitale. Au sein du christianisme, je trouve hélas ! la même doctrine professée par le pieux Gerson, sous l'influence de son mysticisme : « Dieu ne veut pas, dit-il, certaines actions parce qu'elles sont bonnes ; mais elles sont bonnes parce qu'il les veut, de même que d'autres sont mauvaises parce qu'il les défend. » C'est aussi la doctrine d'un théologien protestant, Crusius, qui, en face de l'athéisme du XVIIIe siècle, croyait honorer Dieu en lui attribuant une volonté arbitraire, indifférente au bien et au mal. S'il fallait entendre dans ce sens la dépendance des idées morales à l'égard des idées religieuses, je la repousserais comme un blasphème. Mais les plus grands philosophes et les théologiens les plus autorisés ont toujours professé la doctrine contraire. « Il ne suffit pas, dit Leibnitz, d'être soumis à Dieu, comme on obéirait à un tyran, et il ne faut pas seulement le craindre à cause de sa grandeur, mais encore l'aimer à cause de sa bonté ; ce sont des maximes de la droite raison, aussi bien que des préceptes de l'Écriture (2). » Contre la théorie d'un commandement arbi-

---

(1) Cours de littérature dramatique. T. II, *De l'Amour platonique.*
(2) Examen des principes de Pufendorf.

traire, Leibnitz invoque ailleurs les noms les plus illustres de la théologie, de la philosophie et de la jurisprudence : Calvin, parmi les protestants, saint Thomas d'Aquin, parmi les catholiques, Platon et Aristote, parmi les philosophes, et, parmi les jurisconsultes, Grotius, qui a fondé, dans les temps modernes, la science du droit naturel (1). A cette liste il faudrait ajouter, depuis Leibnitz, tous les philosophes spiritualistes de l'Allemagne, de l'Écosse, de l'Italie et de la France. L'enseignement unanime, au sein des écoles spiritualistes, c'est que Dieu est la raison même, et que nous ne pouvons concevoir, comme émanant de sa volonté, qu'un commandement souverainement raisonnable, c'est-à-dire souverainement juste. La justice humaine ne change pas de nature pour être rapportée à la justice divine comme à sa source, suivant une expression de Leibnitz; mais elle s'impose aux âmes avec plus de force et de clarté.

Quant aux sentiments d'amour, d'espérance ou de crainte que l'idée de Dieu peut mêler aux idées morales, ils ne sont mauvais que s'ils étouffent la voix même du devoir. L'homme n'est pas cette pure raison que supposaient les stoïciens. L'amour du devoir lui rend plus facile l'accomplissement du devoir, et, s'il se fait une idée juste de la nature de Dieu, comme principe de la morale, l'amour du devoir devient plus efficace, sans rien perdre de sa valeur, en se confondant avec l'amour de Dieu. Ce sont là des sentiments tout désintéressés; mais, puisque le devoir appelle une sanction, il n'exclut pas même des sentiments d'un autre ordre, pourvu qu'ils lui laissent la part prépondérante. Le plus honnête homme ne saurait se dégager entièrement de tout mobile intéressé, et il faut s'applaudir quand l'espérance et la crainte s'élèvent du moins au-dessus des biens et des maux de ce monde. Ne craignons pas d'ailleurs que la majesté de Dieu ne soit trop redoutable pour nous laisser tout notre libre arbitre. Dieu est à la fois trop près et trop loin de nous : trop près, car son action toute puissante, s'exerçant sans cesse sur nos âmes, nous devient insensible et se confond avec notre nature; trop loin, car ces grands coups

(1) Essai de Théodicée, 2e partie, § 182.

qui nous font surtout sentir sa puissance n'éclatent jamais qu'à des intervalles éloignés, comme ces grandes mesures de justice ou de bienfaisance qui révèlent de temps en temps à un peuple la sollicitude de son souverain. Or, les observateurs de la nature humaine savent combien un objet prochain, quel que soit son peu de valeur, a de force pour nous déterminer, quand il n'est opposé qu'à des craintes ou à des espérances dont la réalisation doit longtemps se faire attendre. Dieu nous ferait sentir plus directement encore sa puissance irrésistible que la passion saurait toujours élever la voix et nous forcer à de continuels combats.

VI.

Acceptons donc sans scrupule l'alliance féconde des idées morales et des idées religieuses. Que les athées la repoussent, ils sont dans leur rôle, et il faut les féliciter de rester fidèles à la morale en renonçant à Dieu. Mais, quand on a la foi en Dieu, il ne faut pas en faire une foi stérile. Des esprits sincèrement religieux, effrayés des progrès de l'athéisme, croient devoir faire la part du feu, en retranchant de la morale des idées qui semblent avoir perdu leur prestige. L'exemple de Kant leur indique un rôle plus beau et plus utile. Le scepticisme de son siècle avait ébranlé jusque dans son esprit l'idée de Dieu. Il en sentait cependant la nécessité pour la morale : il se servit de la morale pour lui rendre sa clarté. Il y a en effet une solidarité complète entre les idées religieuses et les idées morales : elles gagnent réciproquement à s'appuyer les unes sur les autres. Quand nous considérons Dieu comme le créateur du monde physique, les objections viennent nous assaillir, et quelques-unes ont paru insolubles aux esprits les plus clairvoyants. Mais descendons dans notre cœur, nous y trouvons une loi qui atteste évidemment un législateur, non le Dieu abstrait du panthéisme, mais le Dieu vivant du spiritualisme.

Suivons, Messieurs, l'exemple du philosophe allemand : puisque la morale est encore debout, au lieu de la laisser dans son isolement, faisons-lui appel pour ranimer dans les âmes ces saintes croyances qui ont été la foi commune des plus grands philosophes de tous les temps, et nous demanderons ensuite à ces croyances elles-mêmes des lumières pour la morale. « Deux choses, disait Kant, remplissent mon cœur d'une admiration et d'un respect toujours croissants, à mesure que je les considère plus fréquemment et avec une attention plus persévérante : le ciel étoilé au-dessus de moi et la loi morale en moi-même. » Ces deux choses, Messieurs, nous tiennent un même langage, mais celui de la seconde est le plus clair et le plus éloquent. Le ciel, suivant le psalmiste, raconte la gloire de Dieu : ce n'est pas seulement la gloire de Dieu qu'atteste la loi morale ; elle nous fait sentir en nous-mêmes sa puissance, sa bonté et sa justice, en un mot tous les attributs pour lesquels nous lui devons notre respect et notre amour.

ÉMILE BEAUSSIRE,

Professeur de Littérature étrangère à la Faculté
des Lettres de Poitiers.

St-Maixent, Typ. Ch. Reversé.

www.ingramcontent.com/pod-product-compliance
Lightning Source LLC
Chambersburg PA
CBHW072258210626
46818CB00017B/1853